AUTHOR
藍曉

「藍」取自喜歡的顏色，
「曉」取自本名中的一字，
同時意指，在破曉前世間一切都呈現朦朧藍色的景象。

年幼時，為了觀看這景象，經常選擇捱一整夜，
不知是否這個原因，日間就很喜歡發呆妄想，
除此以外，人生中最喜歡的就只有畫畫，
常常想把一些天馬行空的事和物繪畫出來。

簡單來說，我就是個單純只會畫畫的人。

莫可帕米地區

星星祈禱之地

梅洛森林

精靈的集聚地

塔瑪修斯峰/星落峰

高入天際，暫未有成功登頂的記錄

洛馬克拉村

米凱馬祖地洞
已探索的地下垂直高度為1850米，
地下洞穴錯綜複雜，其中有大量未探索區域。

西西亞鎮

野餐地點

德洛文鎮

奇奇、卡洛居住的城鎮

卡米格尼海灣

星之塔

古代遺跡

大家好，我是這本繪本《唔緊要》的作者藍曉。

首先，感謝你們拿起並閱讀這本書，這是我人生第一次出版的繪本作品！可能你會好奇為甚麼我會創作並繪製這本書，或你會預期看到些很感人或很深奧的故事。不不不，我單純就是個喜歡畫畫的邊緣人，夢想也不怎麼偉大，只是希望透過自己的繪本故事，分享一點自己的創作和想法。

大家單看封面跟書名，或許不會直接明白這本書的主旨。如果不熟悉廣東話口語的讀者，甚至可能不明白「唔緊要」是甚麼意思，這真是很抱歉呢。(但「唔緊要」，睇完就會明白甚麼是「唔緊要」，笑)。

在創作初期，也有苦惱過書名的問題，應該使用口語還是書面語？使用我們日常口語「唔緊要」？還是考慮全書的語法統一，使用書面語「不要緊」或「沒關係」比較好呢？除了是統一性問題、還有廣東話世界和華文世界的取捨等等問題，想了好一段時間，想到也有一點累。

我閉上了眼，腦海中不其然想像了以下情節：

一個悠閒的假日下午，我和朋友相約來到一間冰室，喝着冰凍甜膩的奶茶，朋友半開玩笑的跟我訴說生活中的苦悶，思索片刻，我也想簡單安慰一下對方……

嘴巴一張，透過震動聲帶發出的聲音傾瀉而出，但那並不是我們日常使用的廣東話，而是只在書本上使用的書面語……
「不！要！緊！」。

朋友先是眼角一抽，之後一臉「這傢伙是被外星人入侵腦袋嗎？！」、「我該叫他看醫生嗎？」的樣子看着我。

啊啊啊啊啊！！！這絕對不可以！！

我張開了眼睛，手臂本能反應起了不少雞皮疙瘩。

決定了！！！

我不知道這本繪本，將來會不會在其他地方再
出版。但至少，這繪本現時必須使用《唔緊要》作為書名！！
就是這樣書名定下來了。

決定後，還發現一個小好處，全書用書面語書寫，只有「唔
緊要」是口語，這樣感覺會更鮮明更突出，讓大家有印象又
易記，希望大家也會喜歡這個刻意的安排吧！

好了，作者的廢話有點多，
接下來希望各位可以好好享受閱讀此書～

進入故事世界吧～！

藍曉

嘩啦嘩啦⋯⋯

又下雨了⋯

今天又是不幸的一天⋯⋯⋯

奇奇總是不開心呢⋯⋯

因為他覺得自己是這個世界上最不幸的貓，

他做甚麼事情也是不順利的，

出門下雨、忘了帶鑰匙、杯子破裂了、蛋糕掉到地上了等等⋯⋯

奇奇討厭這些不幸!!!

討厭!!! 討厭!!! 討厭!!!

奇奇最討厭不幸的自己!

叮噹!! 門鈴響了。

「是我呢!奇奇你忘記了嗎?我們今天約好了要郊遊吧?」

門外的是奇奇的好朋友,小精靈卡洛。

卡洛手舞足蹈的大喊：

「今天市集上有慶典，會有很多有趣跟好吃的東西，

我們可以先到市集逛街買點東西再出發呢！」

卡洛開心地在轉圈圈，身上的黃黑色斗篷也跟著轉動，像一朵太陽花。

可是卡洛的活力沒有影響到奇奇，
奇奇還是不開心，他可不想出門呢！
出門了又會有更多不幸的事發生，
可能是火山爆發、山泥傾瀉、世界末日。
如果真的發生了，該如何是好？！

卡洛聽後想了一想，還是拉着奇奇的手出門：

「唔緊要！真的發生，我們總會想到方法解決的！」

奇奇跟卡洛向着市集出發，他們走啊走啊走……

踏上一級又一級的樓梯。

奇奇跟卡洛一起來到了市集，
這裡人很多，到處都充斥着歡樂的氣氛！
空氣中飄浮着甜甜的香味。
啊，是甚麼呢？是甚麼呢？

原來是馬卡龍小餅乾！

剛出爐的小餅乾色彩繽紛，閃閃發亮像極寶石了。

對了，買一些到郊野享用，是不錯的選擇。

卡洛率先提出請求：
「麻煩你，
請給我一包牛油口味的。」
店主點點頭答應了。

奇奇想一想說：
「請給我一包藍莓口味的。」
店主搖了搖頭說：
「對不起，藍莓口味剛賣光了哦。」

奇奇聽後很不開心，他果然是隻不幸的貓，今天果然是不應出門呢。

「唔緊要！
我們可以試試其他的新口味，
看來好美味呢！
奇奇你可能會喜歡呢！」

那是一塊薰衣草口味的馬卡龍，
外面是漂亮的淡粉紫色餅皮，
內餡正散發溫暖與清甜的香氣。

嗯!!!!這⋯⋯這⋯⋯到底⋯⋯
到底是甚麼味道呀!!!!
太好味了,一定要買一包慢慢享用!!

太好了,買到好吃的東西。
咦?那七彩顏色的是甚麼呢?

那⋯⋯那是個售賣氣球的攤子，
氣球有大有小，甚麼顏色也有，彷如糖果。
卡洛跟奇奇也各買了一個。

啊！！奇奇的氣球不小心被木架子刺破了，

奇奇一臉失望，為甚麼自己那麼不幸呢？

「唔緊要！這裡還有一些好東西！」　　　　　　　　　啪吱-啪吱-啪吱吱——

一朵美麗的氣球花從卡洛的手中出現，「這種氣球可不易破呢！」。

奇奇第一次看到這樣的氣球，他好奇又開心的接過了氣球花。

「嗯！這氣球果然不易破掉。」

買到好美味的食物跟漂亮的氣球,可以出發郊遊去了。

走着走着,奇奇發現自己的衣服不知何時被劃破一個大洞!!

噢!!怎麼會?這可是他心愛的衣服。　　　　奇奇難過得快要哭出來了。

「**唔緊要！**我剛好有份禮品適合你！」

卡洛揮了揮魔法棒，一個刺繡章就覆蓋在破洞上，甚麼洞也看不見了。

衣服因為刺繡章顯得更漂亮了，奇奇高興極了。

走着走着，從市區走到郊外。

　　奇奇跟卡洛哼唱着，他們走過木橋，攀越小山，穿梭草叢。

啦啦~~~啦啦~~啦~♪

微風把他倆的歌聲帶到遠處，

在山林迴響着，在溪澗飄蕩着，在草坪翻滾着。

啊！真是奇妙呢。

啊呀 !!!!! 奇奇一個不留神被一塊小石頭絆倒了！
他倒在地上，幸好有些草皮保護他才沒有受傷。
但衣服髒了……

他不明白，為甚麼他總是會遇到這種不幸的事！

果然今天出門是一個錯誤的決定，根本沒有一件事是順利的！

嗚嗚嗚……他轉身抬頭，正打算擺個舒適的姿勢好好哭一場……

咦…………

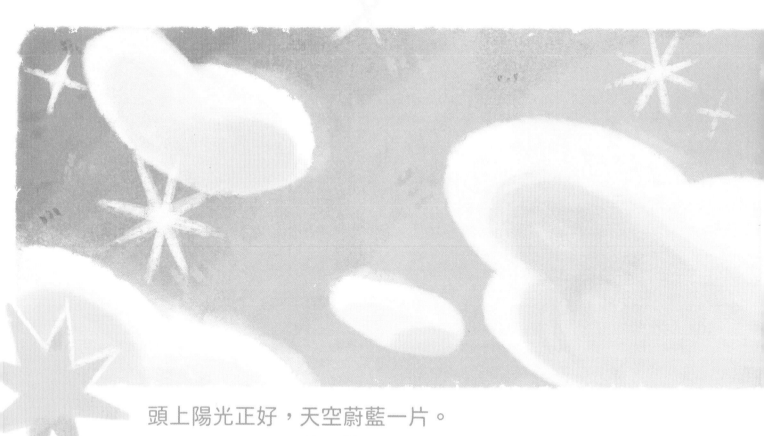

頭上陽光正好，天空蔚藍一片。

微風吹拂着小草叢，小花兒點着頭，小鳥在唱歌，蟲兒鳴叫着。

雲朵就像是棉花糖似的，鬆鬆軟軟的，看來又可愛又美味。

一切都在閃閃發亮。

如果…………

他沒有被小石頭絆倒，就不會發現這麼漂亮的風景了吧。

他今天真的一點也不順利，很『不幸』呢……

買不到自己想要的藍莓馬卡龍，很不爽，
但沒想到嚐到薰衣草口味的馬卡龍會如此美味。

圓滾滾的氣球被刺破，很可惜，
但原來用長氣球做出來的花花造型氣球，既可愛又不易破。

最喜歡的衣服劃破了，很傷心，
但只要用可愛的刺繡章覆蓋，衣服就會變得獨特又漂亮。

被小石頭絆倒了，身體痛了，衣服髒了，很沮喪，
但卻不知道，原來只要一抬頭，就會發現四周如此的美麗。

對啊！被小石頭絆倒了，衣服髒了……

但唔緊要，只要拍一拍就好了。

這裡那麼漂亮，不正是野餐的好地方嗎？

雖然太陽有點大，不過**唔緊要**！

那邊有棵大樹，在樹下野餐感覺很舒服呢。

奇奇跟卡洛來到樹下，把東西都攤在草地上，
拿出預備好的食物，準備好好享用時。

「你們好嗎？」

原來這棵樹是白兔小姐跟松鼠先生的家。

看到奇奇跟卡洛來野餐，
白兔小姐跟松鼠先生拿出蘋果和青提子一起加入。

奇奇也在背囊中拿出野餐籃，籃內盡是精心準備的美味食物。

滿足地食過了小食後，是時候來點甜品了，
奇奇拿出之前買的馬卡龍，正打算好好享受。

哎呀?! 手上的馬卡龍不小心掉到地上了。

本以為奇奇又哭了，沒想到他一臉輕鬆的笑著說：

「唔緊要，我還有其他的，
而且看來螞蟻先生和蜜蜂先生都很想嚐嚐看呢。」

馬卡龍實在是太美味了，螞蟻先生和蜜蜂先生都很享受，

為了回禮，他們又拿出了珍藏的蜜糖跟星星糖跟大家分享。

就這樣，奇奇和卡洛跟新認識的朋友們渡過了一個愉快的中午，
大家一起把小食吃光，正悠閒地聊天及休息。

滴嗒……　　　　　滴嗒……　滴嗒……

滴嗒……　滴嗒……　　　滴嗒……

滴滴嗒……　滴滴嗒……　滴滴嗒嗒……　滴滴嗒嗒……

天空這時居然下起了小雨，

此刻連卡洛也沒方法了，真糟糕呢，看來野餐要終止呢……

奇奇覺得很可惜，他可不想這麼快跟新朋友們道別。

奇奇很苦惱，但他在心中跟自己說：「唔緊要，唔緊要，唔緊要！」

一定有方法的！　　　　　　　　啊!!!奇奇突然一臉興奮的從背包找東西。

「唔緊要，我有帶雨衣跟水靴，我們可以來一場雨中派對呢！」

滴嗒……滴嗒……滴嗒……

天空下著小雨，奇奇穿好雨衣。

卡洛、螞蟻先生和蜜蜂先生拿著葉子造的雨傘。

白兔小姐跟松鼠先生拿著從家中帶來的雨傘，

那麼，派對開始吧！

大家一邊跑跑跳跳。哎呀?!那邊有個大水坑⋯⋯

唔緊要，大家一起跳上去吧。
嘩啦啦，水花四濺的，真令人開心。

咦?!雨聲好像有點大!
唔緊要! 那就像音樂似的,
不如大家一起開個音樂會吧!

哎呀!!!!!!!奇奇滑倒了。不過唔緊要，泥土吸水後都軟軟的。

嗯⋯⋯軟軟的泥土⋯⋯

大家都在拋泥巴，因為地上滑溜溜的。

1、2、3、4　　　　2234、3234、4234……

大家都輕輕鬆鬆躲過泥巴，還順道展現自己曼妙的舞姿。

哈哈!!!!   看來大家都是跳舞天才呢。

滴滴嗒⋯⋯ 滴滴嗒⋯⋯ 滴滴嗒嗒⋯⋯ 滴滴嗒嗒⋯⋯

滴嗒⋯⋯ 滴嗒⋯⋯ 滴嗒⋯⋯

滴嗒⋯⋯ 滴嗒⋯⋯嗒⋯⋯

雨慢慢的停了，天空掛著大大的彩虹，大家身上都有點髒兮兮。

奇奇一臉輕鬆的說：「唔緊要，回家洗洗就好了。」

大家都成了很好的朋友，

不時也會相約一起野餐呢。

至於奇奇怎麼樣?
他當然是沒有問題啦。

因為他已經學到了令自己振作,鼓起勇氣的咒語……

……那是甚麼咒語?

好吧，讓我們一起大聲說出來

1、2、3……

《唔緊要》全書完

後記
AFTERWORD

能看到這裡，真的是很感謝你。閱畢《唔緊要》的你，到底會有甚麼感受呢？是否會覺得這繪本很有趣，還是覺得**無聊之極**呢？不管怎樣，我都是萬分感謝肯花時間去閱讀的各位。

來到後記，是時候該說我創作這繪本的經過及原因。

在2022年末，我開始產生「要創作一本繪本並投稿到出版社」的想法。因為種種原因一直到了2024年2月才完成，遲是遲了一丁點，幸而創作過程中有賴諸多友人的幫忙，否則現在也未完成，故在此再三感謝各位。

另外，繪本的主題也讓我苦惱之極，到底該寫一個怎樣的故事好呢？說教甚麼的，我不想畫，也沒有資格畫。那乾脆就用自己作為靈感，創作一個輕輕鬆鬆的小故事吧。

是的，故事中那只麻煩又玻璃心的貓，就是我的化身。

如果你身邊有一個，總是會支持及鼓勵你的人，你無疑是幸福的。但大家都清楚知道，這幸福絕非必然。

與其等待他人的支持，不如自己先鼓勵自己吧。
除了和別人說，也不要吝嗇和自己說：
「唔緊要」、「唔緊要」、「唔緊要」、「唔緊要」！

也許說一次，內心毫無波瀾。那就多說幾次吧，語言就是一樣需要時間跟堆疊，慢慢積少成多，才能生根發芽的東西。
但願，你看完我創作繪製的繪本後，能從中感到輕鬆快活、甚至是一點啟迪。

最後再一次感謝各位，花這麼多時間，連我這個無聊人的碎碎唸也閱畢。

有緣再會。

 藍曉

奇奇

品種為暹羅貓，因為熱愛甜食，所以長成肥墩墩的模樣，
經常被他人誤會是其他品種的貓，對此感到有些苦惱。

對食物味道很敏感，意外地在烹飪上擁有不錯的天賦，
經常會使用卡洛的農作物製作食物來分享給大家。

馬塔修爾

一種古老而神秘的精靈，正體為一團黑色的煙霧。旗下有過百種不同屬性的種族。
例如：四季系、天氣系、礦石系、植物系、音樂系等等……
每只精靈都會按屬性及喜好幻化出自己的形態。

卡洛

是馬塔修爾，為植物系中的農林科精靈，
身穿的黃黑斗篷是農耕用工作服，其明亮對比的色彩有保護的功效。
斗篷得到冬天精靈及夏天精靈施法，
在炎熱的夏天及冷凍的冬天會自動調節溫度，而魔法會使斗篷的帽子顏色改變。

人物介紹
CHARACTERS INTRO

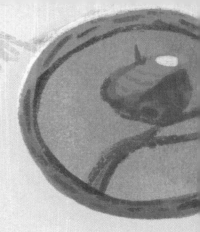

兔子小姐　　松鼠先生

二人為同住在百年古樹洞的朋友，兔子小姐是專注拍攝大自然的攝影師。
松鼠先生是有名的木頭雕刻家。

螞蟻先生

力氣大，跟家人合力開辦螞蟻勇士搬運公司，但因為良好的信譽，生意很火旺。

蜜蜂先生

家族在多年前開設 瑪莉安蜜糖公司，瑪莉安是蜂巢中第一任蜂后的名稱，
因為公司採收製作的蜜糖極為美味且營養豐富，所以深受人們的歡迎。

奇奇設定：

側面

（ 水手服版本 ）

上色!!

藍眼

無毛貓版本
（怕冷，所以穿很多衣服）

側面

上色

家人版本
（同樣怕冷）

上色

卡洛設定：

魔法杖可變成
各類種農業工具

[創作靈感是農場的
螢光黃色工作服]

農林科

長斗篷版本

上色

初時的設計，核心是表達可愛的感覺，
後來表現出堅強的感覺，
所以改用了後期農業精靈的設計

其他版本

故事雛形及手稿
STORY PROTOTYPE & MANUSCRIPT

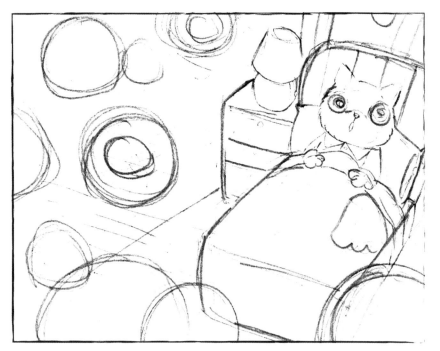

最初的故事是描繪一隻十分細膽的貓。

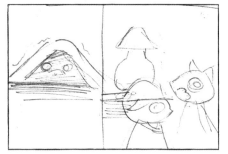

他怕黑、怕太陽、怕未知事物、每天都像隻驚弓之鳥。

幸好它有一位小精靈朋友的幫助，才能走出困境。

作者的話：「這個版本最後並沒有採用。原因是，奇奇過於依賴卡洛的幫助，沒有得到應有的成長，這和我想表達的意義也不太一樣，所以只好重新構思故事。」就是你們現在看到書中的故事：成長才能走出困境。

AUTHOR　　　　　藍曉

PRODUCTION　　　點子出版 Idea Publication
　　　　　　　　www.ideapublication.com

PUBLISHER　　　　點子出版 Idea Publication
ADDRESS　　　　　荃灣海盛路11號 One MidTown 13樓20室
INQUIRY　　　　　info@idea-publication.com

PRINTER　　　　　CP Printing Limited
ADDRESS　　　　　北角健康東街39號柯達大廈二座17樓8室
INQUIRY　　　　　2154 4242

DISTRRIBUTOR　　泛華發行代理有限公司
ADDRESS　　　　　將軍澳工業邨駿昌街 7 號 2 樓
INQUIRY　　　　　gccd@singtaonewscorp.com

PUBLICATION　　　2024年7月15日
DATE
ISBN　　　　　　　978-988-70116-6-8
FIXED PRICE　　　$138